Le Père Noël des SABLES

Ephémère

à Ti

MAGNARD JEUNESSE

Yasmina habitait le désert.
Elle vivait avec sa famille
dans une grande tente de toile,
au milieu des sables.

Ce matin-là,
Yasmina chevauchait les dunes blondes
quand le vent commença à se lever.
Perchée sur son dromadaire,
elle aperçut au loin une tente
et s'en approcha pour s'y abriter.

« Bonjour,
jeune voyageuse,
lui dit le vieil homme,
je m'appelle Okbar.
Entre dans ma tente,
le vent souffle
dehors. »

« Bonjour...
Moi, c'est Yasmina.
Je ne t'avais jamais vu ici avant.
— Je suis à la recherche du père Noël,
murmura le vieil homme. Tu le connais peut-être.
On m'a dit qu'il habitait dans ces dunes. »

« Ah non ! répondit Yasmina.
Tu te trompes.
Le père Noël n'habite pas ici.
Il vit dans un pays tout blanc,
où le sable n'existe pas.
— Avant, lui dit Okbar,
il vivait dans un grand désert
glacé tout au bout de la terre.
Mais un jour, il a disparu. »

Dans ce pays, couvert d'un épais manteau de neige, raconta Okbar, un homme alerta soudain le village : « Il est malade ! Ça y est, cette fois-ci, il est vraiment malade ! »

Quel désastre ! Depuis un an,
le petit village se préparait pour la fête.
Mais ce soir-là, une semaine avant la grande nuit,
le père Noël tomba malade et vraiment malade.

C'était une catastrophe.
Qui pouvait remplacer
le père Noël ?
Igor le bûcheron était trop gros
et jamais il ne pourrait passer
par les cheminées.
Paco le facteur était grand
et maigre, mais il ne savait pas
conduire un traîneau.
Quant à Elmer le fermier,
il ne connaissait pas le chemin
et il se perdrait en route.
Tout le village était désespéré.

Le lendemain, Morgane la couturière eut l'idée de déguiser tous les habitants du village en père Noël pour distribuer les cadeaux. Le village en effervescence s'empressa alors de coudre les habits et de construire de nouveaux traîneaux. On sélectionna ensuite les meilleurs rennes en leur chuchotant à l'oreille trois mots magiques pour les voir s'envoler.

Au soir de la grande nuit,
dans un fabuleux tintamarre de grelots et de clochettes,
tous les pères Noël s'envolèrent sur leurs traîneaux
remplis de cadeaux. La fête fut magnifique.

Mais au fond de son lit, le père Noël ne guérissait pas.
« Vous ne devez plus faire la distribution des cadeaux, dit un soir le docteur au père Noël. C'est trop fatigant et il fait trop froid. Partez vous reposer au soleil. »
Alors, à contre-cœur, le père Noël prépara ses bagages et s'envola vers le Sud. Depuis, personne au village ne l'a revu et je parcours le monde à sa recherche, expliqua Okbar.

« Mais elle est triste ton histoire, Okbar !
s'écria Yasmina. Je vais tisser au père Noël
la plus chaude des écharpes et quand tu l'auras
retrouvé, tu la lui donneras.
Ainsi, il pourra de nouveau s'envoler
sur son traîneau dans la nuit de Noël. »

Et Yasmina choisit la laine de ses meilleurs moutons
pour faire au père Noël son plus beau cadeau.

La veille de Noël,
Yasmina grimpa sur son dromadaire
et s'élança dans le désert.
« Okbar ! cria-t-elle en arrivant.
J'ai terminé l'écharpe.
— Et moi, j'ai retrouvé le père Noël »,
annonça Okbar en lui montrant au loin
la silhouette familière d'un homme des sables,
immobile sur la dune.

« Ce soir, grâce à ton écharpe, Yasmina, le père Noël s'envolera de nouveau sur son traîneau, lui dit Okbar. Et dans cette grande nuit de Noël, il s'en ira distribuer des cadeaux aux enfants du désert. Mais chut ! C'est un secret entre nous. »

Et, il se dirigea vers le mystérieux cavalier des dunes.

Cette nuit là,
un étrange attelage traversa le ciel du désert.

Au petit matin, après avoir ouvert son cadeau,
Yasmina remarqua la nouvelle écharpe nouée
autour du cou de son papa.
Elle était douce et chaude.
Yasmina la reconnut aussitôt.
Une belle écharpe pour un père Noël
des sables.

Loi n° 49-956 du 16-07-1949 sur les publications destinées à la jeunesse.

Dépôt légal : janvier 2001
N° d'éditeur : 2008/317
Achevé d'imprimer en France en août 2008 par Pollina, 85400 Luçon - n° L48034